KB094531

여
중
생
A

2

여중생A

2

허5파6 지음

ViaBook Publisher

안녕하세요, 허5파6입니다.

『여중생A』를 웹툰으로 만나 이 책까지 함께해주신 분도, 이 책으로 처음 뵙게 된 분도 정말 정말 반갑습니다.

제가 『여중생A』를 통해 그리고 싶었던 주제는 '자존감'이었습니다. 사람의 자존감은 외부 요소에 의해 어떻게 변화되는가, 자존감이 한 사람의 인생에 얼마나 지대한 영향을 미칠 수 있는가에 대한 이야기였지요. 주인공이 처한 어려운 환경에서 억압되었던 자존감이, 승리의 기억을 그러모아 새로운 세계로 나아가는 용기가 되는 모습을 그리는 것이 만화의 목표였습니다.

그리고 또 하나, 약간 비밀스러운 바람은, 『여중생A』가 소녀들에게 많이 읽히면 어떨까, 하는 것이었습니다. 생각이 많은 청소년기의 소녀들은, 어려움에 처했을 때 자신의 잘못보다 더욱 자신을 질책하고, 근본적인 원인이 자신에게 있다며 스스로를 원망해요. 대부분의 경우 당신의 잘못이 아니라는 메시지를 보내고 싶었습니다.

『여중생A』의 배경이 되는, 2000년대 초·중반은 인터넷이 각 가정의 PC에 자리 잡고 인터넷 문화가 갓 생겨날 때였지요. 당시 키워드는 '엽기'로, 각종 수위 높은 게시물들이 제재 없이 마구 공유되었어요. 인터넷에서 일어나는 일을 현실 세계로 끌어오는 데 익숙한 사람들과 그렇지 않은 사람들이 섞여 여러 사건 사고가 일어났고요. 이 시절의 독특한 아이템이나 현상들이 아직도 강렬하게 기억에 남아 만화 곳곳에 넣고서 공감하는 분들이 있기를 은근하게 바랐는데 생각보다 즐거워해주시는 분들이 많아 저도 재미있었습니다.

연재 중인 만화가 단행본으로 빚어지면 제 마음 한편에 자부심이 됩니다. 책을 정성스레 만들어주신 비아북 출판사 식구분들과 책으로 다시 한 번 미래를 만나러 와주신 여러분들께 무한한 감사를 드립니다.

2017년 3월
허5파6

차례

일러두기

본문의 내용 중 게임상의 대화나 인터넷 용어는
작가의 의도를 살리기 위해 별도의 교정 없이
원문을 그대로 반영했습니다.

25화

송충이는 솔잎을 먹고 살아야 한다는 말이 있다.

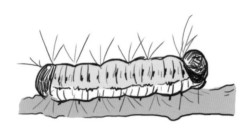

권유의 표현이 아니다.
송충이가 솔잎을 먹지 않으면
탈이 나기 때문이다.

원아?
솔잎 끼쳐.

내가 취해도_
탈이 나지 않을 관계는
어디에˜있지?

캐릭터를 선택하세요…

안녕.

ㅎ으!!

언제나처럼 맞아주는,
게임 속에서 같이 살아가는
나의 사람들.

우리들은 언제까지나…

다들 소풍
갔다 왔어?

응. 갔다 왔지.

희나듀 희나듀~

왕이냡사람

죄멸자랑1z   다그666   희나짱_◇

어디 갔었어?

우린 남산!

울희는 놀이공원
같눈뎨~~

아! 완전
부럽다~~

…

우리 반 장기자랑
나가서 상 탔다!
ㅋㅋㅋ
문화상품권~

우와!
그럼 캐시 컬러렌즈
그걸로 지른 거구나!!

응. 나 우리 반 오락부장이거든. ㅋㅋㅋ 좀 많이 받았지~

히나듀~ 히나듀~!!

희나두 장기자랑 나갔어? 우와~~~ 뭐했어? 춤췄어? 나도 보고 싶다~

울 학교듀 이번에 소풍 갔다 왔는데~

응. 그런데 ㅇ_ㅇ?

루사레스™

아~~ 막 희나 보규 뒷자리에 가치 안자구~ 무셔운 애들이 막 그래셔~ 어쩔 수 업씨 걔네랑 놀앗져~

그때 내가 희나 딱 지켜줬어야 했는데!!

근데 걔네가 자꾸 나 괴엽다규 까까 사준다규우~ 계속 그래서 무셔워쪄 ㅠ_ㅠ

형은 소풍 어디로 갔다 오셨어요?

내가 있었으면 다 때려줬을 텐데!

아! 놀이공원 갔다 왔어 ^^

아… ㅋㅋ 혹시 희나랑 같은 데 다녀온 거 아녜요? ㅋㅋ…

아 아 ㅋㅋ 착각했다. 놀이공원 아니고 남산이야 햇갈렸네 ㅋㅋㅋㅋ

왜 이러지? 길마 형?

…

혹시 길마 오빠도 소심한 성격인가? 나도 게임에서만 활달하니까…

…

그렇다면 더 동질감 드는걸.

그나저나

다들 게임에서도 현실에서도 잘 지내고 있구나. 하긴 내가 뒤떨어지는 거지…

다크 옵빠~ 무슨 일 잇쪄?

응? 왜?

오늘은 이상하게 말이 없는 거 가태~ 무슨 일 이쪄? ㅇㅅㅇ?

아니야 아무 일도 없어 ^^

희나가 가끔 미운 짓을 해도… 이럴 땐 또 귀여운 면이 있어서 마냥 미워할 수도 없다.

걱정 걱정

희나 이번 이벤템 다 모았어? 같이 모으러 갈래?

웅. 옵빠들이 다 모아줬셔~ 희나 이쁜 벌써 다 핸는데?

귀엽다는 말 취소.

오H 그레?

아무튼 그래서 결성된

봄소풍 이벤템 (을 얻으러 가는) 파티

넌 왜~

재밋어 보이니까!

희나쨩이 가니까! >_<

아이템 노가다 이벤트라 몹몰이가 필수인데,

딸기 누나가 있어서 참 다행이에요.

에이 뭘 ㅋㅋ 내 거 얻는 겸 같이 하는 거지 뭐.

희나쨩~ 놀이공원 가서 찍은 사진 같은 거 없어?

희냐 사진 찍눈고 시로한다고 말했쟈나! 루샤 옵빠 바보탱이!

진짜 딱 한 장도 없어? 사진?

왜 저러지. 요즘 루샤가 좀 심하게 치대네.

어? 진짜 없어?

희나도 무서워하는 것 같고… 한마디 해줘야 되나.

독 바르는 中

올~~ 길마 꽤 귀여운데? 그치? 다크야.

꽤 귀엽다고요?

아 좀 쑥스럽다 ㅋㅋ

너무 귀엽다고요!! ㅇ엉ㅇㅇㅇ ㅠ.ㅠㅠㅠ

??

아니야 이건 좀...

그만 상상해!! 너무 변태 같다고!!

까- 까-

귓말 : 희나야 왜 그래? 무슨 일 있어?

015

26화

귓말 : 일단 희나 말부터
들어보죠.

야 루샤! 나가지 마 너도.
일단 희나 말부터
들어볼 거니까.

...

그럼 길마 형이…

도리도리

♬ 혹시
내가 더 편하니?

끄덕

이제 말해봐.
무슨 일이 있었던 거야?

자꾸 루샤 옵빠가…
희나한테 사진 보여달라 하구…
폰 번호 물어보구… 희나 무서워서…

017

폰 번호는
그렇다 치고
사진은 갑자기 왜
보여달라는 거야?
어이없네.

우리 카페 있쟈나
셀카 겟판에 다들
얼굴 올리니까 ;ㅅ;
희나 것두 올리라구
계속 계속 괴롭혓엉!

뭐? 우리 길드
카페가 있어?
나 지금 처음
듣는 소린데?

;ㅅ;???
몰랏쪄 다크 옵빠?

누가 만들었는데?

루샤 옵빠가
만들고 가입하라고
그랫는데? ;ㅅ;???

… 주소 좀 줘봐.

원더피플™ 길드 카페^^~

원더링 월드의 원더피플 길드 카페입니다

원더피플 길드원이라면
사진은 필수!(女子 대환영!!)

미친…
아주 작정을 했구먼.

귓말 : 형 우리 길드
카페 있는 거 알았어요?

귓말 : ??
그런 게 있어?
난 모르는 일인데.

쪽지 : 누나, 우리 길드 카페 있는 거 누나도 알아요?

쪽지 : 응. 너 초대 못 받았어?

사진 올린 사람들 다 여자잖아. 남자는 글도 없는데.

후… 너한텐 루샤가 언제부터 그런 거야?

우웅~~ 이 만두머리 루샤 오빠가 사준 건데 그때부터 그랬어!

아… 그게 왜 그런 걸 받아…

아니야! 희나가 사달라 한 거 아니다 뭐!! 루샤 오빠가 먼저 선물로 보내준 거란 말야! 나한테 어울릴 것 같다구!

그래도 왜 그런 걸 받았어. 게다가 그거 캐시템이잖아.

희나가 안 받으면 버릴 거라구 막 막 그랬다 머?!

아니, 그런 걸 괜히 받으니까 이런 일이…

그럼 희나가 루샤한테 이렇게 협박당하고 괴롭힘당하는 게 백퍼 희나 잘못이라는 거야?

희나가 잘못해쪄요…

루샤 옵빠랑 만나서 사과하고 시퍼…

!!!

울희 만나요_.

아냐 희나야;; 그건 아니다;;

그래, 희나야. 그럴 문제는 아닌 것 같아. 게임에서 풀고… 응? ^^;

괜찮지요~ 루샤 옵빠?

뭐, 니가 그렇게까지 말한다면…

아이고, 내가 같이 가줄 수도 없고 이거…

귓말 : 희나야, 진짜 이건 아니야. 이런 말 하긴 좀 그렇지만… 너 위험할 수도 있잖아.

27화

조별 수행평가를 증오한다… 게다가 방과 후에 따로 모여야 한다니…

이런 게 친밀도에 정말 도움이 된다고 생각하는 걸까…

야, 장미래.

끝나고 갈 데 없지? 백합이네 집 가자.

왜긴! 수행평가하러 모이자는 거지!

… 왜?

누가 몰라?! 친구 집에서 하면 가산점 있다잖아! 빨리 해버리자고.

가, 가정실에서 해도 되잖아?

누가 너 좋아서 이러는 줄 알아?

야! 너희도 시간 있지? 따라와!

아… 이태양도 같은 조였지. 장노란이랑 된 게 너무 커서 그게 가려졌어.

솔직한 심정으론 그냥 둘 다 다른 조였음 좋겠다.

뭐해? 재밌어?

잠깐만.

왜애~?

두리두리

아저씨 불렀어. 차 타고 같이 가자.

어머머머! 반장 짱이야!

그렇지 않니 얘들아?

멀미할 것 같다…

오~

어서 와.

쟤가 내 친구라고!

아주머니, 오늘은 일찍 들어가셔도 될 것 같아요. 감사합니다.

아이구 그래요~ 고마워요.

왜 보냈어? 아줌마가 대신 만들어주면 편하잖아.

…

저기… 우리 뭐 만들어?

재료는 다 있어?

응. 아주머니가 준비해주셨어. 레시피도 있어.

앞치마, 해야지.

아, 응.
고마워.

열심히
하고 있군.

야! 너! 너 왜
같이 안 해!

네가 양파 다 썰어!

깡
짝!!

...

넌 사진 찍을래?
이거 과정도 다 찍어야
되니까.

으응!

<떡볶이>

조원 : 이백합, 장노란, 장미래, 이태양, 임지수

28화

애! 이런 건
우리 시키지
그랬어~

이게
어디 홍차랬지?

음…

OOOO
OO 쪽…

물맛!

향기가 조금
나는.

하루키 책은 거의 다 있어~ 보고 싶은 책 있니?

음, 『노르웨이의 숲』 이라던가…

『상실의 시대』로 늘 읽었으니까.

『노르웨이의 숲』 이라면 소설이지? 난 에세이 쪽만 봐서.

그래? 난 하루키 책은 소설만 보는데.

하루키 소설은 너무 야하기만 하잖아. 내용이 없달까?

야해서 좋은 건데…

아무튼 너한테 이걸 물어보려고.

이 문제, 맞았단 말이야?

응.

어떻게? …

이 지문에서 보면, 둘째 줄 문단부터 반복되는 이 매개체가…

아! 근데 나 이 지문… 중간고사 보기 전에 책으로 봐서 내용 알고 있었어.

그, 그건 반칙이잖아?!

응??

반칙이잖아! 그건… 그건 선행학습이니까?!

아… 그, 그런가?

과외 일정표

전과목

글짓기

그래! 너는 책 먼저 보고 시험 본 거니까~!

그, 그렇겠지. 이 문제 꽤 난이도 있고…

아마 책 안 봤으면 어떻게 됐을지…

요즘 내 글은 읽고 있는 거야?

금방 친해졌네, 애네들은…

이백합! 너 요즘 나한테 정말 너무하잖아!

내가 뭘?

우리 겨우 같은 반 됐는데, 넌 별로 좋아하지도 않는 것 같구…

게다가 요즘 너 자꾸 이상한 애한테 신경 쓰잖아!

흠… 얘가 있으면 학교 생활이 참 편하긴 한데.

엄마끼리도 친한 사이고…

그리구 또…

그때도…

내가 요즘 바빠서 노란이한테 무신경했나봐. 미안해~

우리 절친 맞지?!

그래.

··· 내가 아까 이백합 이라고 해서 혹시 기분 나빴어?

아니~ 괜찮아.

나한테 차갑게 대하지 마~ 응? 무섭단 말야~

알았어~ 다음부턴 안 그럴게.

사진은 인화해서 제출하고, 모두 나눠줄게~

다들 수고했어!

오늘은 그냥 넘어가려…

백합이네 집 짱이지?! 진짜 부럽지 않니?

하긴~ 차이가 너무 나면 부럽지도 않겠지~

하루도 빼먹질 않는구나.

하루만이라도 이백합으로 살고 싶다아~

왜 그런 생각을 하지?

남은 일생을 박탈감으로 살고 싶어서?

오히려 나는 다 잊으려고 하는데, 그런 것들을.

떨쳐내는 건 쉽다. 현실성이 없어 금방 사라지는 허상 같은 것이라.

그녀의 글처럼.

29화

좋은 냄새…

안녕!

가정 수행평가로 찍었던 사진, 인화해왔어.

제출도 했고.

아…

그때!…

저…

타이머 설정해놓고 오면 돼!

조금만 더 붙어야…

화면에 안 들어와..

가까이
와.

빨리 와야
찍히지!!

고마워…

?

저…
이 사진이 다야?

응?

아, 맞다!
단체 사진 있었지.

응!

저렇게 나오니
왠지 주기 싫은데…

내가 모르는
뭔가가 있나?

성게머리

사진 나왔어.

어, 고맙다.

?

??

나 오늘 복지관 들러야 해서~ 내일 봐!

웅. 안녕…

앗?!

뭘 하는 거지, 복지관 앞에서?

나는 왜 숨는 거지.

새벽에나 시작해야겠군. 뭐, 상관없겠지.

그 전까진 놀아둬야 겠다~

뭐 새로운 소식 없나?

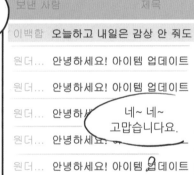

보낸 사람	제목
이백합	오늘하고 내일은 감상 안 줘도
원더...	안녕하세요! 아이템 업데이트
원더...	안녕하세요! 아이템 업데이트
원더...	안녕하세
원더...	안녕하세요! 아
원더...	안녕하세요! 아이템 업데이트

네~ 네~ 고맙습니다요.

안녕하세요! 아이템··· 이번에도 새로운 캐시 아이템이 업데이트 되었습니다 ^^!

중요한 건 이거지, 이거!

그럼 그 애는 계속 글을 써왔다는 말인가···?

30화

집에 가니?

아니. 도서실에…

저, 빨리 집에 가야 하지 않니?

독후감은 다 쓴 건지 궁금해!

별일 없는데? 책 정리도 해야 하고.

장미래가 뭐래?

무슨 얘기 했어?

도서실 간다고.

까즐까즐

…

이제 더는 길마 오빠 닮은 애가 아니야.

그냥 이태양이야!

안 건너?

빨간불인데…

아, 그래.

이제 건너도 돼?

그래.

예전부터 그랬지만
너 좀 특이한 것 같아!

하하

이상한 애라는
거야…?

응? 아니.
의외로 자기주장이
강하다고 해야 하나.

영화 취향도
확실하고.

아무튼,
다른 애들하고
넌 좀
다른 것 같아.

그럼 내일 보자.

응…

하아… 언니…!

백합이 왔구나~

독후감 공모전 마감됐죠?

응, 방금 마감 됐지.

혹시 참가자 중에 장미래라는 사람 없어요?

음… 잠시만.

그런 사람은 없는데?

지금이 그렇게 놀 때니…

미워!!

그래도 결과는 확인해볼까…

독후감 공모전 당선작 발표

며칠 후.

안녕하세요~

안녕~

어서 와 백밥아~

오늘 공모전 발표 날이죠? 출품작 수가 많았나요?

아냐~ 우리 회관은 작기도 하고, 평소에도 참가자 수가 저조해서 제출하면 거의 당선이지.

여기 있는 게 당선작들이죠?

응. 보고 싶으면 봐도 돼.

어차피 따로 공개하니까.

대상작은 분량이 압도적으로 많네요.

응. 평소에 작가님 팬이셨나봐.

우수상은 비등비등한 수준이야. 평범한 독후감.

2만 원이면 꽤 큰 돈이고, 그 애가 놓칠 만한 기회는 아닌데.

이름 : 김성민

이름 : 장현재

음…

장미래 → 장현재 설마…

그런 어이없는 말장난을…?

당선자들 연락처 정리하시는 거예요?

응. 상품도 증정해야 하니까~

01X-XXX-XXXX …

31화

요즘에도 글 나부랭이 쓰고 있나?

…

너 이번 중간고사 몇 등 했어?

반에선 1등이고, 전교에선 19등…

너한테 들어가는 돈이 지금 얼만데, 그따위로 하고 있어?

죄송해요…

계속 그럴 거면 글 쓰는 거 때려치워.

흑… 훌쩍

탁

여보!!

밥맛 떨어져서 원… 난 그만 먹겠소!

밥상머리에서 웬 눈물이야!

방에 들어가 있어. 엄마가 나중에 밥 올려줄게. 응?

여보~ 오랜만에 집에서 식사하시는데 제가 집밥이라도 많이 챙겨 드려야지요.

서울대 못 가면 글은 평생 못 쓸 줄 알아!!

계속 우울해하면 안 돼!

공부 열심히 해서 성적 올리면 아빠도 인정해 주실 거구, 엄마도 날 많이 사랑해주시니까!

우울해할 것 없어!

그 애가 쓴 독후감…

아무리 봐도 평범해.

예전 글에서 봤던 재기 넘치는 표현을 거의 찾아볼 수 없다고 해야 할까…

최우수상(1명) 작가와의 만남
!!! 우수상(2명) 2만 원 상당의 문화상품권 …

설마… 우수상을 받으려고, 의도적으로 수사를 절제했다는…?!

하아… 그건 좀 더 알아봐야겠지만…

그 애와 좀 더 문학적인 이야기를 나눠보고 싶어.

씻기고 꾸며서 하나하나 가르쳐주면 노란이도 인정해주려나?

덥다…
이젠 반팔 입어야겠어.

어이!

뭐 찾아?
이태양 찾아?

아니거든.

ㅋㅋ 얼굴은 왜 빨개지냐?

그런 게 아니라, 넌 그… 아무튼 니 친구들 있나 확인해봤다 왜.

아~ 같이 놀래? 마침 기다리고 있었는데.

됐어. 이제야 하는 말이지만 어색하니까 그럴 때 부르지 좀 마.

알았어~ 알았어~ 워~ 워~

그거 뭐야? 맛있는 거면 같이 먹자!

달그랑

됐어! 심부름이야.

어, 애들 왔다. 그럼 안녕!

그래 잘 가라.

아무튼 걔 너무 좋아하진 마!

32화

부원
모집

밴드부 부원을
모집합니다.
연락처
01X-XXX-XXXX

※ 초보 환영 / 드럼 급구!!

상의할 거 있어. 도서실로.

속삭이고 난리야!!

… 그래서 밴드부에 들어볼까 하는데, 괜찮을까?

진짜? 당연히 해야지!!

그래도 지금 내가 들어갈 수 있을지…

초보도 환영이라곤 하지만.

야! 그런 걱정은 하지 마! '귀족 드럼'이란 말이 왜 있겠어?!

생각해봐! 애초부터 드럼은 배우는 환경부터가 까다롭지! 지망하는 사람도 항상 모자른 그야말로 희귀 세션!

귀족 드럼?

자신감을 가져!

ㅋㅋㅋ 재밌다. 넌 그런 거 어떻게 잘 알아?

그냥 밴드음악도 좋아하니까…

도서실

저기… 근데,

엉?

밴드부 하면…
진짜 여자들이 좋아하냐 …?

뭐?!

글쎄…
드럼은 다른 세션에 비해선 주목을 못 받긴 하지.

드럼

그래도 밴드부 버프가 있잖아.

너도 그런 데 관심 있었냐? 의외네~

나도 남자잖아.

그, 그치…

남자로 느껴지니까 이렇게 두근거리는 거지 .

이태양 너무 인기 많아지면 어떡하지?

오빠

사인해 주요

사랑해요

날 가져요

아니, 그럼 지금까지 좋아하던 길마 오빠는?

다크야…
추워…

아아…! 사실 나는 바람둥이인 것인가…!

후우우우…

어이!

웬 한숨이야? 장미래~

너 그때 있잖아…

?

나 심부름 갔다가 만났을 때 했던 이야기 말야…

앗! 애들 모였다. 나 가야 될 듯.

뭐야, 난 그동안 이용당한 거?

에이~ 이용이라니! 친목 도모라고 하자.

잘 가~

이태양을 좋아한다고 쉽게 말하지 못하는 또 다른 이유는,

이태양에게 미안해서다.

내가 그 애의 급까지 끌어내릴 것 같으니까.

그게 지금까지 잘해준 이태양에 대한 예의이기도 하고.

33화

이태양?

헐~ 뭐지?

왜 그래?

쟤네 우리 학교 밴드부잖아. 쟨 우리 반 이태양이고.

그러게! 뭐하는 거지?

이태양한테 가서 물어볼까?

그래!

앗! 혹시…? 밴드부 얘기 중인 건가?

응. 다음에 봐.

그래.

이태…

이태양!
뭐야 뭐야?!

너도 밴드부
드는 거야?

너는 무슨
악기 해?

…

아직 확실히
정해진 건
아니야.

이태양이
밴드부 들려고 한 거
난 벌써부터 알고
있었다구.

다 나랑
상의하고
한 거니까!

바보 같은 이태양.
여자애들이
관심 가져주니까
좋냐?!

… 그런데 왜 저런 애랑 놀지?

그러게.

그래도 가끔 가서 도와줄게.

에이~ 어차피 동아리라 아예 옮겨야 할걸?

왜긴 왜야~ 누가 놀자고 매달리는지 딱 보이지 않니?

그래서, 무슨 일 있어?

이태양이 밴드부 들어간대!

아까 밴드부 애들도 왔었어!

그런 재주가 있었나?

백합이가 하도 별 볼 일 없다 해서 그런 줄 알았더니.

뭐 갖고 싶은 거 있니? 먹고 싶은 거라든가…

응?

나 그럼 너네 집 갈래!

응~? 괜찮지~?

당연하지. 오늘 올래?

받은 메시지

01X-XXX-XXXX

아까 하려던 말 뭐였니

답장쓰기

너가 보낸 과학의 달 글짓기 잘 봤다고. 잘 썼더라

타다닥
타닥

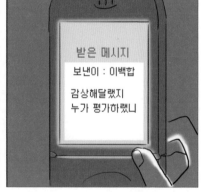

34화

미안! 냄새 많이 나? 축구 하고 왔더니.

아니, 뭐. 책 정리 다했어.

기다렸다 같이 하지!

철봉 냄새가 나.

아, 잠깐만. 너무 덥다.

훌러덩

아.
담배 냄새…

야! 너 돌았냐?

어이없네,
이태양.

누가 보면
되~~게 아끼는
줄 알겠어.
왜 그러냐?

그거야…
친구니까.

여, 여친…은 아니잖아.

그런 것까지는 바라지도 않아.

그냥 지금처럼만 계속 지냈으면 좋겠어.

다른 누가 그 애 옆에 있게 된다면,

어쩌면, 많이 힘들 것 같다.

짠~ 어때?

응. 예쁘다.

이거 그때 너 소풍에 입고 왔던 옷 맞지? 왜 내가 입으니까 뭔가 다르냐…

잘 어울리는데, 뭘.

근데 아까 장미래, 뭐야?

응? 뭐가?

아니, 집에 가려는데 갑자기 와서 이상한 소리를 했잖아.

미, 미안해 내가 잘 모르고…

아, 그거!

떠올리니까 기분 좋아 졌다.

글쎄? 뭔가 오해가 있었나봐. 나도 모르겠네.

노란아, 너는 미래가 왜 싫어?

음…

일단은 하고 다니는 게 우울해 보이고,

남자애들이랑만 놀려고 하는 것도 너무 속 보여.

솔직히 까고 말하면, 걔 하는 짓 하나하나가 다 짜증나.

우리가 친구는 못 된다 하더라도,

앞으론
안 그럴 거지?

으응.
미안해…

널 인정하고 아껴줄 수는 있어,
내 안목은 틀리지
않았을 테니까.

다신 그러지 마,
매너가
아니잖니?

그럼 안녕!
잘 가~
내일 학교에서
보자!

기분…
풀린 건가?

그렇지만 그건

지금처럼
건방지게 굴지 않는,

그 위치에 한해서야.

내 사과를
받아줬어…!

방해?

35화

그렇게 막
말해도 돼?

뭐가?

여자들은
몸무게 잘 말
안 하잖아.

아~ 40킬로대라서
자신 있는 거야?
ㅋㅋ

별로.

그게 무슨
상관인지.

어,
이태양이다.

175센티.

와~

이태양
올~

이태양 요즘
인기 좋네~?

왜지…?

일단 밴드부
들어간 게
제일 클 거고,

머리 자른 후로
은근 좀
잘생겨진 것
같기도 하고?

그런 거…

다 내가
하라고 해서
한 거잖아!

아~ 나도 머리나
잘라볼까나~?

너무
피곤해져서
곤란한가?

넌 귀엽게
잘생겨서,

긴 머리가
나아.

뭐냐아~
장미래…
나 설렌다?

!

무슨 소릴 하는 거야.

다른 세계인 게 당연하지!

딱 보면 모르나? 생긴 것부터가 다른걸.

뭐라고 말을 하지…

머리 자르니까 얼굴 잘생긴 게 더 돋보인다? 머리 자르길 잘했다?

애! 너 키 몇이야?

150은 되니?

이런 시비에 일일이 답해줘야 되는 거 너무 짜증난다.

154센티야…!

왜 물어봐 놓고 먼저 가버리냐고! 어이없어.

...

슬쩍

?!?

앗! 미안. 나도 모르게 그만…

키 작다고 무시한 걸로 오해하는 걸까?

머리 자르길
잘했어.

넌 원래 좀 생겨서
머리 자른 게 나아!

자르니까 얼굴이
훤해 보인다.

다 내 덕인 줄
알아!

아무튼 잘했다는
거랑 얼굴이랑…
잘생겼다는 말을…

너 얼굴
잘했어!

…?

뭐라고?

다 내 덕인 줄
알아!

쌩

…

어쨌든 칭찬인가?

저, 나 머리 자른 거… 어때?

뭐, 전보단 괜찮네. 깔끔하고.

그렇구나.

알기 쉬운 애가 여기 또 있네.

수맥인가.

미쳤어 미쳤어

36화

욱신

뭐지, 방금.

가슴이 엄청 아팠어.

날 본 거 같은데 왜 고개를 돌려 버린 거지?

밴드부 들어가더니 변한 거냐, 이태양?

못 풀면 한 대씩 이다.

그래서 이제 나 같은 애랑은 말도 안 하려고?

정신 차려, 이것들아.

내년이면 고등학생이다.

말도 걸지 말라고…
그러는 건가…

후우…

이제 나는
어떻게 살아가야
할지…

헉!

으악!!

이쪽으로 온다!

지금 바로 교실로
뛰어가는 것도
이상하고

그렇다고 지금
마주치긴 싫어~!!

결국 이렇게
어정쩡하게…

창밖
보는 척.

114

밴드부 애들도 생각보다 마음이 잘 맞는 것 같고,

드럼으로 대학 갈 수도 있다고 해서, 요즘엔 관련 고등학교도 알아보고 있어.

내가 공부를 잘하는 편은 아니니까.

다 네 덕분이야.

그런데 너한테 왜 그러겠어.

정말 나한테 고맙다면,

지금처럼 내 곁에 있어줘.

「시집가는 날」과 같은 뮤지컬은 무엇으로 구성되어 있을까? 저번 시간에 배웠지?

37번 대답해.

으으 갑자기 아까 이태양 앞에서 했던 뻘짓들이 생각난다…

국어

대사와 지시문, 음악과 춤입니다…

잘했어, 앉아.

휴~

앗!

잘했다고 해주는 건가?

쑥스러운걸…

이백합은 내가 사과한 날 이후로 더욱 친절해졌다.

아, 안녕…

더 신경 써주는 건가?

미래야, 좋은 아침!

요즘은 순탄한 나날이 계속되고 있다. 왜냐하면

히히~

학교에서 겉돌긴 하지만 괴롭힘받는 건 아니고

난 저 정도는 아닌 걸 다행으로 여겨야 하나…

가해자인 김 모 군과 이 모 양은 "어차피 우리는 미성년자이니 벌을 받지 않을 것…

학교 폭력의 수위가 연일 심각해지고 있습니다…

호의적으로 대해주는 애도 있고,

얘도 요즘엔 잘 안 보인다.

아빠도,

집에 잘 안 들어온다. 못 본 지 몇 개월 된 것 같다.

그리고 이태양은!

아무리 생각해도 질리지 않는다! 그런데…

뭔가 마음에 걸린다 했더니 이거였군.

받은 메시지

보낸이 : 길마형

다크야ㅠㅠ요즘 전혀안보이네…

37화

Q 이 남자애 왜 이러는 걸까요?

ID 비공개

같은 반에 어떤 남자애가 있는데여
제가 지금 반에서 좀 은따인데, 원래
그러면 남자애들도 잘 안 놀아주자나여
근데 얘는 디게 자연스럽게 놀아주고요
그리고 다른 남자애가 저 괴롭히니까
저를 자기 뒤로 >_< 숨겼어여
근데 '칭구'라서 그랬다는 거예여 ㅠㅠ
솔직히 제가 얠 좀 관심 있어 하거든여
ㅇ_ㅇ;;

love1004love 님의 답변입니다.

그 남자애가 님을 지켜줬다면
님을 조아해서 그런 거 아닐까염?
ㅇ_ㅇ!!
저도 그런 애 있었눈뒈 갑자기
고백하더라고여 >_<;;!!
맨날 장난치고 그랬눈뒈
사실은 절 조아했었다구~!!

님도 화이팅이에여!!

저러다 둘이 사귀기라도 하면 어떡해!!!

큰일이네~

다크 옵빠 먼가 이상하다?

어ㅓ엉?

요즘 게임 들어오지도 않고… 이제 길드에 마음 식은 거야?

뭐?!

그럴 리가 없잖아! 내가 얼마나 길드를 생각하는데!

몰라. 그냥 지금은 관심 없어 보이는걸.

하긴 요즘은 게임보다 연애상담글 같은 거 보는 데 시간을 다 쓰니까…

그동안 길드에서 받은 게 얼만데! 내가 이러면 안 되지!

내가 길드에 마음이 식는 그런 일은 없어! 이제부터 자주 들어올 거야!

!!

다행이다. 그동안 오빠가 좀 낯설어 보여서 희나는 걱정했어…

ㅎㅎ 근데 희나두 못 본 새 성숙해진 것 같다. 말투도 어른스러워지고.

희나가 언제? 희나는 항상 과연둥이인걸?

으응 그래;

그래두 이제 같은 길드원이니까 얼음꽃하고도 잘 지내보자 응?

시러.

희나는 그럼 다른 길드원들이 다 얼음꽃하고 안 놀았으면 좋겠어? 그러다 보면 그 앤 혼자가 돼. 난 그런 거 싫어, 마음이 안 좋아.

난 상관 없는데‥

아무튼 나처럼 희나랑 더 친한 사람도 많잖아. 나로는 부족해?

…

자.

편하게 가자고 텔포 주는 거야? 우리 희나 착하다, 착하다~

남 말 하네.

텔포 : 텔레포트 기능이 있는 아이템

로딩 시간 동안 또 어떤 리플이 달렸나 볼까~♪

연애박사 **님의 답변입니다.**
ㅋㅋㅋㅋ
님아 착각하지 마셈
친구라고 한 거면 겜 끝난 거셈ㅋㅋ
착각대마왕 凸
내공냠냠

ㄴ길가다쿵했쪄 **님의 의견입니다.**
아니 그럼 거기서 바로 조아한다고 할까요? 그건 또 아닌 듯 -,.-

아냐… 진정하자…
이러면 꼭
원하는 답을 못 들어서
꽁한 거 같잖아.

난 괜찮아
난 괜찮아…

저 자리는
희나 건데…

쟨 진짜
수상하댜그!
희나쨩 측은
틀리지 않아!

그 측에 대해
들어볼까.

38화

첨부터 뭔가 꿍꿍이가
있는 것 같았다규.

꿍꿍이?

저 핑크대가리가
희나쨩만 유난히
시러하는 거!
내 눈엔 다 보인다그!

저기
그건…

사실 그렇게
특별한 일은 아닌…

악!

그럼 저 애가
다른 길원들
하고는
잘 지내?
여자들
하고도?

응! 희나쨩만 시러해!
첨부터 그랬어!

… 그런 말을
들었는데,
어떻게
생각하세요?

그건 그렇지.
나한테도
잘해주던데?

근데 약간
맘에 걸리는 게
있긴 해.

어떤 거요?

희나 말대로 처음 길드 들어왔을 때부터 희나를 좀 의식했다고 해야 하나?

안녕

오래빈~

희나 싫어하는 애들은 좀 있었으니까 그러려니 했는데

언니 언니 저랑 놀아요~

가만히 보니까 희나를 좀 떨어뜨려 놓고 싶어 하는 느낌?이 들더라고.

내가 보기엔 이 여자애도 뭔가 쎄해서 좀 지켜보고 있지.

암튼 저렇게 땡깡 부리는 거 보는 게 요즘 내 낙이야 ㅋㅋㅋㅋ

아앙

그럼 당분간은 지켜보는 수밖에 없을까요?

뭐 별수 있나? 희나가 굽히고 들어갈 성격도 아니고.

백합이…

아직도 글인가 뭔가 한다고 그러나?

적당히 시켜, 적당히.

입상하면 대입에 가산점이 들어갈 수도 있대요.

그것도 좀 큰 상이어야 이름나는 거 아닌가? 학교에서 자질구레하게 놀아봤자지. 다 쓸데없는 거야.

내가 노란이한테
잘해주면,
미래를 괴롭히지
않아.

같이
등교하는 거
좋아~

백합아!
이번에 글짓기 대회 소식!
널 위해 알아왔지~

앗, 정말?

고마워~

지금이
기회야!

아빠에게
인정받을 수 있는…

독후감 형식, 입상하면 도내 대회까지…

아 참, 백합아.

그거 다 보면 교실 벽 뒤에 붙여놓으랬어. 알았지이?

으응. 그럴게.

와~ 독후감 글짓기 하네. 너 나갈 거야?

으응…

우와! 이번엔 상금도 걸려 있네?

나도 해볼까?

마, 마음대로 해!

내가 또 말을 잘못 한 건가…?

좋아할 거라 생각했는데…

내가 왜 이러지?

누가 참가하든 상관없는 일이잖아!

어차피 학교 대표는 내가 될 거야!

그런데 왜 이렇게 불안한 기분이 드는 걸까.

39화

백합아~

엄마 들어가도 되니?

괜찮아.

늦게까지 공부하네~ 힘들진 않니?

필요한 거 있음 엄마 바로 부르렴~

네, 그럴게요~

이상해…

왜 글이 안 써지지?
이런 적 없었는데…

이번엔 꼭 도내 대회에서
입선을 해야 하는데…

아빠도…
내가 교내에서만
상을 탔으니까
인정해주시지
않는 거야.
이번엔 꼭…!

그 애는

정말 이번
대회에 참가
하는 걸까?

나도 글짓기
나가 볼까?

사실 그때
속마음은
하지
말라고
하고
싶었어.

저번 글짓기 공모전에서 상금을 위해 일부러 2등을 했을 정도의 아이니까…

내 생각보다 더 대단한 애일까봐…?

아냐, 아냐!!!

아아-! 너무 잔인한 일이야!

이런 혼란 속에서 글을 써내야 하다니…!

다음 날.

식후땡 하러 가야지?

으응.

퍽

어디 가? 화장실로 가야 하지 않아?

XX, 냄새나게. 간지 나는 아지트를 찾았거든.

그래, 구경 좀 할랬더니 어떤 새끼가 X나 깝친다?

우리 담당이 학주잖아. 다른 애들 들어오면 바로 말 하랬거든.

그래서 그랬나봐. 잘 몰라서 그래~

아~ 겨우 돌려보냈네.

뭐야, 강혁이. 너 이경민이랑 친구였냐?

야! 똥이 무서워서 피하겠냐?

우리 부에서 뭔 일 나면 우리도 곤란해지니까 그런 거야.

가끔은 사람이 유도리 있게 행동 해야지, 응?

넌 너무 고지식해, 인마!

그래도 앞으로는 동방 문 잘 잠그고 다녀야...

아, 맞다!

이게 뭐야?

히히

우리 동방 열쇠야. 니 거 복사했다.

...

교내에선 상금 잘 안 주는데…

이번에 사고 싶은 템도 있고…

빨리 자랑하고 싶어!

아직 수업 시작 전이니까..

이태양!

40화

어서 오세요~
찾으시는 거
있으시면 말씀
해주세요~

1,000

1,500

의미 있고
비싼 거,

싸고 그나마
괜찮은 거…

고   민

생활정보
프로에서 별 얘길
다하는군.

일단 관심사는
알고 있고…

또…

퀘스트 목록

- ✔ 관심사를 공유한다
- ✔ 이야기를 많이 한다
- ✔ 이야기를 잘 들어준다
- ○ 좋은 모습을 많이 보인다

- ✔ 그의 주위에서 보이는 곳에
  있는 것이 좋다
- ○ 친절하게 대해준다…

**잠깐,
그럼 이 퀘스트의 목표는…?!**

예전의 나

지금의 나

그 애가
날
좋아할 리
없잖아…

퀘스트를
하나하나
깨서…

내가 언제 이렇게
파렴치해졌지?!

자중하자, 자중해!

기대치가 크면 클수록 실망의 수치가 불어나는 법!

그래도 머, 상상하는 것두 안 대냐…?

…

지금 나한테 제일 잘 듣는 진통제가 이건데…

뭔가 어색하고
이상해…

귀척하는 것
같기도 하고…

ㅋㅋㅋ
이런 걸 누가
믿냐.

전혀 과학적
근거도 없고.

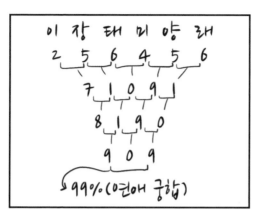

다시 계산해봐도

99…프로!

세상에…

41화

안녕!

안녕~

…

저… 이번 독후감 대회 말이야, 너…

아! 같이 나가자고?

근데 시간이 넘 촉박해서… 생각 좀 해보고.

같이 글을 쓰면 즐거울 줄 알았는데, 그것도 아니야.

이번 대회는 정말 중요하다구.

제일 싫은 건 왜 내가 저 애를 이렇게 의식해야 하느냐 거야…

일단 두통약은 받아 가자…

양호실

선생님은 안 계셔?

응, 잠깐 나가셨나봐.

… 난 축구 하다가 손목 삐끗했거든. 그래서…

…

나 이번에 밴드부 들어간 거 알아? 드럼 치는데…

알아.

와~ 진짜?

그래서 동아리방 열쇠도 받았거든!

157

··· 잠깐 봤어.

그래···

더 봐도
되는데.

너도 이번에
글짓기 해?

네가 그런 걸
어떻게 알아?

설마···

아침에 장미래가
할까 말까 고민
중이라고 해서.

넌 글짓기 상도
많이 타는 것
같아서 물어봤어.

휴··· 난 또,
이것저것 다
얘기해버린 줄
알았네.

42화

기말고사 코앞이니까 준비 잘하고,

독후감 낼 사람들은 제출 기한 오늘까지다. 이상.

백합아~ 독후감 제출했어?

앗! 응, 했어.

그런데 계속 피곤해 보여...

글 쓰느라 힘든 줄 알았는데.

자, 새콤달콤.

그러게...

기말고사 때문에 그래?

아아- 글 쓰느라 시험은 신경 못 쓰고 있었어!

이번 독후감 대회 때문에 시간을 너무 허비했어.

시험 성적은 당연히 좋지 않을 거야…

그런데 상까지 못 타면 난… 어떻게 되는 거지?

요즘 계속 무언가에 휘둘리는 느낌이야.

평정심을 유지해야 하는데…

얘! 아는 체도 안 하니?!

미, 미안… 못 봤어.

이 아이와 같은 반이 된 게 가장 큰 원인인가.

왠지 화가 나는걸.

화났나…?

…

좋아할 만한 이야기를 해야…

저벅 저벅

진작에 안 한다고 했으면…
내가 그렇게
무리하지 않아도
됐잖아!

왜 안 했냐고…?

짠~~!!

바로 달아
주었어!

넌 요즘도
그 게임 해?

응!
계속 캐시템만
업뎃해서 짜증
나지만. ㅋㅋㅋ

ㅋㅋ 진짜
짜증나겠네.

난 게임에
돈 쓰는 사람들
이해 안 되더라.

167

168

뭐,
말할 수도 있지.

내가
비밀로
해달라
한 것도
아니고.

그런데도
이렇게 가라앉게
되는 건,
내가 겨우 낸 용기가
너에겐 대수롭지 않게
여겨진 것만 같은
자격지심
때문일까?

나의 어설픔을 두 사람이
비웃진 않았을까 하는 불안감이 반,

저렇게 밝은 곳에 사는 아이들이
그런 음습한 생각을 할 리 없다는
생각이 반.

누가 뭐래도
가장 음습한 건
나 자신.

이렇게 몰래
같은 열쇠고리를
사고,

커플아이템이라며
징그럽게
설레하는.

43화

무슨 일인지 모르겠지만… 떨리나보네.

응. 그 핑크대가리를 죽칠 생각에 기뻐서 몸이 떨려…

희나쨩_◇: 원더피플 길원들 다 모여!!!

쟨 또 전챗하네.

글게 길드챗도 있으면서

죄인은 나와서 고개를 들라!

원 더 피 플

뭐야 뭐야? 다들 모여~

희나쨩_◇: 거기 핑크대가리! 너 말이야 너 너!

얼음이 부르나봐.

희나다!

얼음꽃

정말 무례하시네요, 언니.

제목: **원더피플 바캉스 스샷☆**

글쓴이: **얼음꽃(choco1321)**

제목: **울희 길드에 새로운 길원이**

글쓴이: **초코냥。(choco1321)**

아직도 머가 이상한디 모르겠어?

앗! 닉네임 옆에 아이디가 같아!

정답!

오오.

그치만 원래 우리 다들 한 아이디에 여러 캐릭터 키우잖아. 그게 왜?

노노노노 그게 문제가 아니지!

반가워요! 티아♪님! o(>.<)o 로얄길드 <원사모>의 가입을 추카추카♪ >o<)// 앞으로 ___ 친하게 지내욧!

이 스샷 밑에 있는 글을 보라규!

원사모 : 원더피플을 사랑하는 사람들의 모임

원사모래!! 원사모!! 길드명 개구려엇~!!

게다가 이런 첩자질은 쩝도 안 되는 중대한 사건이 있지!

저번에 우리 길드전 개최 날 말이야!!

아! 그때 희나랑 싸웠던…!

그래! 희나가 이쁘고 귀여우니깐! 희나를 따라 하면서 희나쨩에게 복수하려고 길드까지 따라 들어온 거지!!

예전 모습

초코냥

희나를 따라 한 지금

얼음꽃

희나쨩에게 그런 악독한 마음을 품은 이 나쁜 난은 당장 처단을…

그것보다,

우리 길드에 가입한 꽁꽁이가 궁금한데.

딸기링 이다.

딸기 왔다.

저 나쁜 난이 희나에게 못되게 군 게 백배 더 중요한 거 아니냐그?!

뭐… 그다지?

희나만 미워해!! 딸기 언냐는 항상 그랬어!! 희나만 미워해!!! 와아앙!!!

아, 참고로, 난 너희 둘 다 별로 안좋아해.

말해봐. 희나가 싫었다고 해도 우리 길드에 가입할 것까지는 없었잖아?

그, 그건…

희나 언니 말대로 희나 언니가 미워서 희나 언니 친구들을 빼앗으려고 길드에 들어온 건 맞아요.

그치만 원더피플에 계속 있으면서 길원도 다 좋은 분이고… 그래서 너무 정이 들어 버렸는걸요.

흠. 그럼 이제 희나는 별로 중요하지 않단 말이지?

뭐야?! 그럼 쟤 길드에 계속 있어도 된단 거야!?

앞으로 얼음꽃을 어떻게 할지… 다크가 말해봐.

178

181

수상해

44화

명동 갈래?

이백합은 명동 가는구나!

그래! 너도 잘 놀다 와라!

응

학교는 일찍 끝나고

집에는 아무도 없고

이것이 바로

천국이란다~

명동 안 갔어? 놀러 간 줄 알았는데!

어, 그냥… 피곤해서.

그렇구나… 난 명동을 안 가봐서 신기해. 가면 뭘 하고 노는 걸까?

하긴, 저러니
반장이 나설 수밖에 없지.
불쌍한 반장.

다음 날.

벌떡

어차피
예쁜 옷도
없는데

교복이나
입고 싶다…

너무 짧은 거
아닌가?

오바한다 그럼
어쩌지.

아, 안녕!

응, 왔어?

오늘도 예쁘다…

예쁘다고 해주고 싶은데, 이상하게 생각하겠지?

어떤 식으로 말해야…

나 왔어. 앗! 너 오늘 예쁘다!

어, 어… 너도 귀여워…

헉…!

여자애들은 쉽게 말할 수 있구나. 부럽다.

늦었어, 얼른 가자.

송재민은? 걔도 우리 조 잖아.

여보세…

뭐어?!

하이! 미래. 이 오빠가 바빠서 참여하지 못할 것 같다 쏘리!

더블데이트를 못 즐기는 게
너무 아깝구면~? 이태양하고
데이트 잘하고!
형님 수행평가도
신경 써주는 거 알지?

이 미친놈이! 무슨 말을 하는 거야?!

뭐래? 보나마나 땡땡이친다는 거겠지.

그렇지, 뭐.

소규모
전시회

반장 덕분에 보고서 엄청 빨리 끝냈다! 그치?

응. 고마워.

아냐, 뭘…

저, 점심 먹고 갈래?

아… 미안해. 그런데, 어머니가 친구들하고 같이 밥 먹으라고 주신 카드니까, 마음 쓰지 마.

이태양 한테도 돈 안 받을 거야.

저기, 있잖아.

그럼, 나중에 내 소원 하나만 들어줄래?

엥? 네가? 나한테?

내가 쟤한테 해줄 만한 게 있나?

물질적인 건 좀 곤란한데…

아무튼 잘은 모르겠지만 진심인 것 같아 받아들이기로 했다.

핫! 그러고 보니!

이렇게 앉으면…

이태양은 누구 옆에 앉는 거지?

45화

흠… 그런데 이상한 것이,

나를 싫어하거나 피하는 건 아닌 것 같아.

그보다는 오히려 무언가를 두려워하는 듯한…

이, 이태양…!

혹시… 설마… 내 옆에 …?

털썩

얼른 먹자.

와장창…

이대로 영원히 눈감고 싶다…

이, 이거 완전 데이트잖아?!

…

이백합은 먹는 것도 예쁘네…

이럴 때 음식이 입으로 들어가는지 코로 들어가는지도 모를 거라고 상상했는데

그러기엔 콜라와 햄버거의 조화가 너무 강렬해!

입 안의 햄버거와 감자튀김을 콜라가 부드럽고 짜릿하게 감싸 안는다!

197

이백합 안 좋아하는 남자가 있겠냐?

그럼… 그러면 안 돼!

뭐가?

좋아하는 사람의 마음을 얻으려 노력해야지. 너 오늘 수행평가도 안 와서 이미지가 안 좋아졌을지도 모른다구…

… 너나 잘하셔.

음, 불이 켜져 있고 조용한 걸 보니 엄마로군.

그리고 아빠는 없겠지.

흠, 이걸 어쩐다…

엄마, 감자튀김 먹을래?

프라이팬에 구우면 처음처럼 돼?

응.

그럼 소금 더 쳐줘.

이렇게 먹으니까 맛있다.

난 케첩은 싫고 소금이 좋더라.

오늘은 오랜만에 일기가 쓰고 싶어진 하루였다.

으~
생각해 보니까 오늘
이백합보다
배로 먹었잖아~~!

축하 문자라도 넣어줘야겠네.

조회는 이것으로 마치며…

뭐야?

방금 걔네 누구야? 무슨 얘기 했어?

어?

그냥 옆반 애들인데…?

… 친해?

지금까지 같이 노는 걸 못 본 것 같은데.

나도 다른 애들하고 얘기할 줄 안다구…

그냥, 같은 초등학교 다녔어서 아는 사이일 뿐야.

저기, 무슨 얘기했는지 말해줄 수 있니?

별말 안 했어. 그냥 인사 정도?

아!

아무도 없는 교실은 외려
따뜻한 느낌이 든다.

교실이 아무리 넓다 해도
내 행동반경은 이 정도.

앗!

이백합이 이번에 상 받은 독후감이네.

기다리면서 읽으면 되겠다.

그래, 목표는 외고라고?

네.

외고 가려면 성적에 신경을 좀 더 써야겠다.

3학년 올라와서 성적이…

어… 뭐지…?

이거 좀, 설마…

그럴 리가 없는데…

그렇지만 우연의 일치라고 하기엔 너무…

이번 독후감 대회의 대상 도서는 나도
읽어두었었다. 문화상품권에 혹해서
대회에 참가해볼까 생각했었으니까.

난 게임에
돈 쓰는 사람들
이해 안 되더라.

누구 때문에
마음은 접었지만.

이백합의 독후감은 읽을수록
이 책에 실려 있던
역자 해설 부분을 떠올렸다.

만에 하나 정말로
이백합이 해설을
베껴서 글을 썼다면,

독후감에 대해
물어볼 때마다 회피했던 건
죄책감 때문이었나?

드르륵

47화

나는 어른들과 대화하는 것을 꽤 좋아한다.

하지만 지금은 이백합 일로 머릿속이 꽉 차서

소문내면 죽일 거야!

전혀 집중이 되지 않고 있다.

장미래, 듣고 있나?

네?!

국어 성적 덕분에 평균 등급이 생각보다 괜찮아.

…

왜 '생각보다' 라고 했는지, 스스로도 알지?

네에…

다른 과목들도 좀 더 신경 쓰면 될 것 같다.

그리고 넌 내 시간에 너무 자더라! 쯧쯧, 가봐!

죄, 죄송합니다.

215

맞다, 가방!
다시 교실 가야
하잖아!

맞닥뜨리기
무서워…
도서관에 좀
있다 가야겠다.

친절히 대해주던
몇 안 되는 아이였는데…

다른 면을 보고
말았어…

장미래~

아직 이태양이 있었지…

아…

무슨 일 있어?

왜 그래?

나, 방금 내가 알던 사람 하나를 잃은 기분이었어.

그래서 서글픈 마음이 들었어.

위로받고 싶어…

라는 미친 상상은 지금 왜 하게 되는 건지.

별일 없어.

너는? 밴드부 가?

응! 그럼 다음에 보자~

잘 가~

나에게 과분한 관계들이야.

지금 이 관계라도 유지해야 해.

걱정 마.
이야기
하지 않을
테니.

수련회 준비는
잘돼가?

그럭저럭.

옷은 뭐
입을 거야?

요즘 애들 이런 거
많이 입던데,
색깔별로. 밴드부 애들
맞춰 입는 거 어때?

구려.

진짜 구려.

반바지 어때?
요즘 더우니까.
깔끔하잖아.

좀 민망한데…

48화

얘기라면…
역시 독후감
이야기인가?

다른 애들한테
말할 생각 없는데,
많이 불안한가보네.

어차피 말할 만한
애들도 없다구…

도서실

들어와.

…

…?

225

도서실

하핫!

가끔 보면 어린애 같더라.

난 네가 엄청 어른스러운 아이라고 생각했는데,

얘기 잘하고 왔어? 내가 얘기한다니까 왜~

너랑 있는 시간이 더 숨 막혀…

이번 독후감 대회 수상자인 이백밥, ㅇㅇㅇ, ㅇㅇㅇ, ㅇㅇㅇ… 학생은 교무실로…

49화

그, 그 애들!
미래랑 운동장에서
이야기했던
애들이었어!

그래!
그거라고!

아아…

이제 뭐가
뭔지…

바보야!
그러니까 내가
장미래한테 가서
경고한다고
했잖아!

아무튼, 내가
그 애들한테 가서도
경고할 테니까,
이름 알려줘.

으응…

장미래한테
친구가 있다고?
그럴 리 없을 텐데.

하긴,
뭔 상관이야!

울면 안 돼
울면 안 돼…!

아아…
눈가가 붉어져버리고
말았어!

236

피할 순 없을까?
어떤 대가를 치르더라도…
이번엔 버티지 못하겠어.

아…

너무 차가운 물은
아플 정도구나.

얼음까지
넣었으니…

제발…
제발…!

내가 많은 거
바라는 것도
아니잖아요…

다음 날.

아… 머리
깨질 것 같아.
헉!

됐어, 됐다고!

담임 선생님께 최대한 앓는 목소리로 전화를 드렸더니, 단박에 보충수업으로 대체하라고 하셨다.

죽겠네…

지금까지 괴로워하면서 학교 행사에 모조리 참석한 게 허무할 정도였다.

아프니까 너무 좋다.

이동수업도 없고 단체활동도 없어~

이런 학교라면 1년, 아니 2년 정도는 더 다닐 수도 있을 것 같다.

좋았던 시간은 금방 가는구나.

어느새 정상 등교일.

으으… 들어가면 또 분명 장노란이 뭐라고 하겠지… 어떻게 대답해야 하나…

감자튀김

인형뽑기 이야기

「여중생A」연재 중 제 낙이었던 것이 바로 인형뽑기였는데요,

하면서 보면서 얻은 팁들을 몇 가지 말씀 드려볼까 합니다.

A부터 Z까지 설명하는 건 아니고요, 어떻게 하면 손해를 그나마 덜 볼 수 있을지에 초점이 맞추어져 있습니다.

일단 인형이 쌓여 있는 (이것을 탑이라고 부릅니다) 기계를 골라야 합니다.

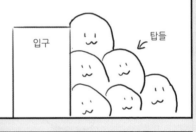

입구

탑들

보통 집게가 인형을 세게 잡는 위치가 O, 그다음이 △, 그다음이 X입니다.

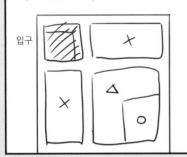

입구

X 위치에서 잡으면 보통 잡았다 해도 그 자리에서 놓아 버리거나 그냥 긁는 수준이죠.

O 위치에서 인형을 잡으면 그래도 X까지 인형을 끌고 옵니다.
(이렇게 되지 않으면 그 기계에서는 하지 마세요)

이 O 위치의 인형을 잡는 것이 좋겠죠?

그런데 탑이 없는 상태에서
인형을 O 위치에서 잘 잡아 X까지
끌고 오면 어떻게 될까요?

입구

이렇게
입구 앞에서
놓아버립니다.

하지만 탑이
쌓여 있다면
이렇게 튕겨서
들어간다는
것이죠.

입구

튕겨서 바로 들어가지 않고
입구 쪽에서 들어갈락 말락 할 때
또 쓰이는 기술이 있는데요,

여기서 오기 부리면
5,000원 정도는 그냥
날려버리게 되니 한두 번만
더 해보고 안 되면
포기하는 게 좋습니다.
(지금 이야기하는 건
초보용이니까요,
저도 초보예요)

좋은 위치의 인형을
공략하는 것도 중요하지만
인형을 잘 잡는 것도
굉장히 중요한데요,
이건 인형의 생김새에 따라
얘기가 달라집니다.
가장 기본적인 것은
집게가 많이
오므려질수록
끌어오는 힘이
늘어난다는 것이에요.

힘이 좋다.
안정적으로
끌고 옴.

비실비실
보기에도
불안함.
금방 놓음.

더 자세하게는 이런 거예요.

파란 선=위에서 본 집게

여러 가지 인형들의 생김새를
관찰하며 집게가 들어갈 수 있는
틈을 살펴보는 것이 중요합니다.

집게 두 개 정도가 틈으로 들어가
꽉 끼워 잡는다는 느낌으로요.

최고의 상태는 적당한 높이에서
아주 정직하게 누워 있는 인형입니다.

- 서 있는 거 안 돼요
- 밑에 쌓인 인형 없이
  바닥에 붙어 있는
  있는 것도 NO

위에서 볼 때

이런 식으로 동글하게 생긴 애들은
아무래도 랜덤을 기대하는 게
빠르겠죠?

(랜덤 : 집게가 랜덤으로
힘을 아주 세게 주어
인형을 입구까지 끌어 오는 것)

그런데 이런 애들도
이런 쪽을 공략하면
더 세심하게 잡을 수 있어요.

물론 기계 힘이 좋은 가게를 고르는 것이
제일 중요하지만, 인형을 정확하게
잡으면 플러스알파로 인형을 끌어
올 수 있으므로, 여러 번 해보면서
인형의 특성을 파악하는 게 좋아요.
(여기에 수련비(?)가 들어가겠지요…)

앞서 말한 기계 힘… 인형의 위치,
그리고 생김새의 조건을 갖춰서
내가 뽑을 만해 보이는 인형은
생각보다 흔치 않을 거예요.
그럼 어떻게 해야 할까요?

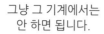

그냥 그 기계에서는
안 하면 됩니다.

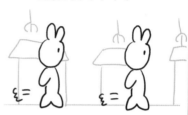

요즘엔 뽑기 가게에서
조금만 걸어도 또 가게가 있으니까,
여러 군데를 돌아다니면서
괜찮은 곳에서 하세요…

인형을 하나 정해서 그걸 뽑겠다고
생각하면 돈을 날리거나, 거금을
들일 수 있으니까 금액을 정해놓고
그 정도만 즐기겠다고
생각하는 게 좋아요…

야! 내가 저거
뽑아준다!

99퍼 재산 탕진하는 유형 →

이 인형뽑기 팁은 여러분이
손해를 덜 봤으면 하는 마음에서
정리해 본 것인데,
사실 손해를 안 보려면요.

인형뽑기를 안 하는 게
제일 이득이에요…

제가 지금
이 만화를 그릴 수
있게 되기까지
돈을 얼마나
날렸게요…?

그래도 인형뽑기는
무지 잼있는 '게임'이에요
그러니 너무 욕심내지 말고
취미로 하세요~

다음 권에서는
좀 더 디테일한
얘기를
해볼게요.

여중생A 2

지은이 l 허5파6

초판 1쇄 발행일 2017년 3월 17일
초판 7쇄 발행일 2022년 6월 22일

발행인 l 한상준
편집 l 김민정 · 강탁준 · 손지원 · 최정휴 · 정수림
마케팅 l 이상민 · 주영상
관리 l 양은진
표지 디자인 l 조경규
본문 디자인 l 김경희

발행처 l 비아북(ViaBook Publisher)
출판등록 l 제313-2007-218호(2007년 11월 2일)
주소 l 서울시 마포구 월드컵북로 6길 97(연남동 567-40 2층)
전화 l 02-334-6123 전자우편 l crm@viabook.kr
홈페이지 l viabook.kr

ⓒ 허5파6, 2017
ISBN 979-11-86712-36-8 04810

* 이 책은 저작권법에 따라 보호받는 저작물이므로 무단 전재와 복제를 금합니다.
* 이 책의 전부 혹은 일부를 이용하려면 저작권자와 비아북의 동의를 받아야 합니다.
* 이 도서의 국립중앙도서관 출판시도서목록(CIP)은 e-CIP홈페이지(http://www.nl.go.kr/ecip)와
  국가자료공동목록시스템(http://www.nl.go.kr/kolisnet)에서 이용하실 수 있습니다.
  (CIP 제어번호 : CIP2017004757)
* 잘못된 책은 구입처에서 바꿔드립니다.
* 본문에 사용된 종이는 한국건설생활환경시험연구원에서 인증받은, 인체에 해가 되지 않는
  무형광 종이입니다. 동일 두께 대비 가벼워 편안한 독서 환경을 제공합니다.